"이 책이 조금이나마
당신의 행복이
되어주길 바라며"

김비요

내가 너의 행복이 될게

내가
너의
행복 이
될게

김미요 글·그림

안녕하세요!

김미묘입니다

책으로 만나 뵙게 돼서
너무 반가워요

친구들과 일상 곳곳에서 발견한

따스함을 모아

책에 담았어요

생각이 깊어져 잠이 안 오는 밤에,

배시시 옅은 미소를 짓고 싶을 때,

마음의 안정을 찾고 싶을 때,

추억을 회상하고 싶을 때

언제든 이 책을 펼쳐봐주세요

소소한 행복을 품에 간직하여

다시 일어설 힘을 얻길 바랍니다

♥ 캐릭터 소개 ♥

고민으로 가득한 고양이 미요. 누군가에게는 쉬울 저녁 메뉴나 내일 입을 옷을 고르는
일도 고민 많은 미요에게는 늘 도전이랍니다. 매일의 고민을 일기장에 나눠 적어 조금씩
덜어내는 미요. 내일도, 다음 달도 아마 미요는 고민과 함께일 테지만 늘 그랬듯 해답을
찾고 앞으로 나아갈 거예요.

♥ 좋아하는 색상: 노랑　**♥ 좋아하는 음식:** 케이크

세상에서 가장 특별한 돼지 꾸꾸이. 비록 다른 돼지들보다 훨씬 작지만 누구보다 넓은
마음을 갖고 있답니다. 그래서 친구들의 부족한 점을 세심함으로 채워주는 친구입니다.
청소가 취미이자 특기라서 더러운 것을 보면 참지 못하고 반드시 치워야만 해요. 어쩌면
그래서 꾸꾸이가 곤능이 옆을 떠나지 못하는 걸지도…?

♥ 좋아하는 색상: 분홍　**♥ 좋아하는 음식:** 야채 수프

이름 그대로 행복한 곰 행곰. 행곰이의 최우선은 언제든 행복하기! 그래서 듣기 싫은 소리는 한 귀로 흘려보내고 '어쩌라고'라며 무시하기도 해요. 행곰이에게 미래에 대한 걱정 따위는 없어요. 그저 흘러갈 뿐입니다. 가장 좋아하는 것은 '걱정 않고 게임하기'예요. 늘 즐겁게 게임하기 때문에 등급은 브론즈이지만요.

♥ 좋아하는 색상: 베이지　♥ 좋아하는 음식: 무지개맛 아이스크림

복슬복슬한 털을 가진 하얀 토끼 우비. 귀가 커서 소리를 무척이나 잘 들을 수 있어요. 그래서일까요? 무척이나 소심하고 예민한 편이랍니다. 대수롭지 않은 말에 혼자 상처를 받기도 하고, 그래서 한쪽 볼에 눈물이 묻어 있곤 해요. 그런 우비가 의외의 말을 했다면? 그건 열 번도 더 고민한 끝에 진심을 털어놓은 걸 거예요.

♥ 좋아하는 색상: 보라　♥ 좋아하는 음식: 떡볶이

늘 귀찮고 피곤한 초록색 공룡 곤뇽. 첫째도 둘째도 오로지 집 생각, 심지어 집에 있을 때조차 집에 가고 싶다고 생각하는 순도 100% 집공룡입니다. 취미는 '누워서 스마트폰 보기', 특기는 '오래 누워 있기'예요. 대문 밖을 나서는 것이 무엇보다 힘든 곤뇽이. 여간 해서는 곤뇽이를 집 밖으로 꺼낼 수 없을 거예요.

♥ 좋아하는 색상: 초록　♥ 좋아하는 음식: 마라탕

차례

1장 ♥ 크든 작든 행복한 일은 항상 있어

2장 ♥ 가끔은 그냥 누워 있는 것도 괜찮잖아

3장 ♥ 충분히 잘해왔고 앞으로도 잘할 거야

4강 ♥ 인생사 새옹지마라탕

5장 ♥ 우리가 함께인 것만으로도 행운이니까

1장

크든 작든
행복한 일은
항상 있어

흘려 듣기

무 하고 있어?

한 귀로 흘려보내는 중이야

마법의 주문

아님 말고

샤워 루틴

내가 가장 좋아하는 것은

샤워를 한 후에

곰돌 수면잠옷을 입는 거야

이렇게 입어야 기부니 조크든요

누구 물어보신 분?

내 맘대로

하고 싶은 거 다 하고 살 거야!

누구도 날 막을 순 없어!

행복이란 뭘까

적당히

역시 모든 건

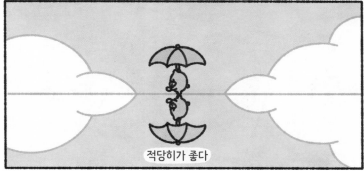

적당히가 좋다

꾸준히

어떤 일을 꾸준히 하는 것은

정말 대단한 거야

나는 나

계획이 반

앉른 뿌듯

할 수 있다!

하나 둘 셋

파이팅!

둘 둘 셋

할 수 있다!

그럴 수도 있지

나를 소중하게

가꾸고

청소하고

꾸미는 건
언제나 기분이 좋다

내 취향으로 가득한 공간이
나를 더 소중하게 한다

너에게

한숨

더 행복하자

항상 행복할 순
없겠지만

행복한 순간이
많아지면 좋겠어

그러니 우리
자주 만나자

서로가
더 행복해질 수 있게

충전식

건배

지금 사기 vs. 나중에 사기

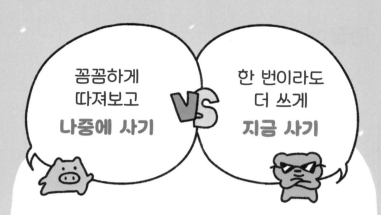

괜찮아 괜찮아

비까지 오네

우산 없는데…
맞고 가야겠다…

괜찮아
괜찮아
괜찮아

우비야!

따뜻하게 있어

여기 핫초코 마시구

왈 칵

고민이 사라지는 동작

그게 나야

한 발짝

곤듕아 뭐 해

지금 내 상황을
객관적으로 판단하기 위해
한 발짝 물러서서
바라보고 있어

흠

어떡해

좋은 방법이야!

후훗

...

ZZZ

...자네

부적

덤비…지 마라

비 올 때 곤뇽이는

비 오는 날엔

빗소리에
지글지글 김치전 생각나
만들어 먹고

에어컨 틀어서
방 안의 꿉꿉함을
시원하게 날려버린 뒤

영화 보는 게 최고지

DUDUNG

비 올 때 우비는

비 올 때 미요는

사소한 행복

고양이!

폴
짝

부비

쉼

충분히

완벽하지 않아도 돼

충분히 잘하고 있고
발전하고 있어

조바심 내지 않아도 되니까

자신을 압박하지 말자

털뭉치

보드랍고 따뜻하다

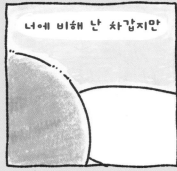

너에 비해 난 차갑지만

작은 몸집으로도

날 따뜻하게 감싸는구나

비 올 때 행공이는

비 오는 날

찰팍찰팍

지렁이 구경

비 올 때 꾸꾸이는

쿵쿵 비 냄새

창문에 부딪히는 소리

비 내리는 풍경

좋다

귀여우니까 봐주라

무엇이든

난 당황하지 않아

거친 세상 속에 뛰어든 건 나니까… 암 오케

무엇이든 할 수 있다는

자신감!

열정!

용기!

그게 제일 중요하니까!

행공이의 축복

이제부터 자네는

잘한다

잘한다

짜란다

뭐든 할 수 있다네!

방에서 몰래 따라 해보세요

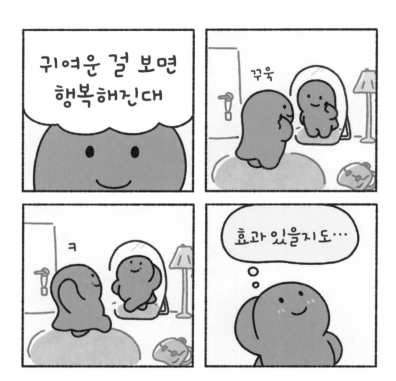

이렇게 늙자

우비랑 같이 늙어가서 행복했어

추억을 회상하면 늘 우비가 있어

참 아름다운 인생이었구나

나도 같이 인생을 걸어서 행복했어

남사스럽지만 사랑해요

···뭐라고?

안 들려!

떨쳐내기

한 귀로 흘려보내고

흘러가는 대로 가보기도 하고

세상을 거꾸로 보고

춤도 춰보자

마지막으로 전력질주하기!!

푸~하~

앗 미묘야! 거의 다 떨어졌어

그러네?

딱 하나 남았다

이제 나 혼자 뗄 수 있을 것 같아

매일이 똑같을 수 없듯, 마냥 행복한 날만 있을 순 없겠죠.

그래도 우리는 행복한 날이 더욱 많아지길 바라요.

즐겁게 반짝이는 꿈을 같이 이야기하고

신나는 춤으로 걱정거리를 함께 날려보내는,

서로의 따사로움을 같이 나누고

나른한 낮잠으로 행복을 함께 충전하는

그런 행복한 날들 말이에요.

2장

가끔은 그냥
누워 있는 것도
괜찮잖아

정말 열심히 다음에

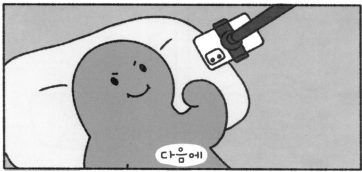

히히

나도 아는데

아 씻어야지

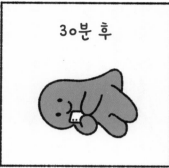

30분 후

진짜 씻어야지

거기 누구 없어요?

이거 보세요

알지 내 마음

집에만 있어도

늘 새로워

짜릿해

최고야

괜찮아 오늘까지는

삭삭

쿵카쿵카

오늘까지 버틸 수 있겠다

만-족

내일 말고 지금

마음만은

치명상

위험구역

샤워의 단점

더욱더

씻었을 뿐인데

작심3초

마음의 준비

난 추진력이
없어서 문제야

누가 날 좀
이끌어줬음 좋겠당

그럼 찐으로
열심히 할
자신 있음 ㅋ

웬일이야!
내가 끌어줄게!

Go Go

어… 마음의 준비가
안 되었어요…!

집에서 제일 바쁨

운에 맡긴다

에휴 모르겠다

어떻게든 되겠지

곤뇽네컷

① 볼 콕! 브이

귀여운 곤뇽 등장!

② 하트

③ 양쪽 볼하트

④ 공룡 손가락으로 캬악- 해주기

캬악

브이

볼하트

곤듀이처럼
찍은 사진을 보여줘!

♡

하려고 했는데

ㅋㅋㅋㅋ

아 이제 해야지

웃샤

할 거 해라~

하려고 했는데…

하기 싫어짐

행복은 가까이에

풀썩

진 행 복

전기장판

그렇게 바보가 되었습니다

억울해

딜레마

택배는 못 참지

아직 꿈속

진짜루

아

귀차나

진짜루

귀차나

주말 루틴

분신술

타임 위프

Just two of us

어릴 때

눈치 없는 내 친구

나도 모르게
뱃살 친구가 생겼다

친구 하자고
한 적 없는데···

비싼 옷걸이

협상 결렬

이제 해야지

?!

온몸이
거부하고 있어…!

어휴
안 되겠다

발등에 불똥

합체

개발해주세요

본능에 충실하기

이제 뭘 할 건가요?

본능대로 살려고요

오 어떤 본능…?

풀썩

아무것도 안 하기 본능

재밌는 게임

급해 급해

정말 열심히 해낼 수 있을 것만 같은 마음에 다짐을 합니다.

마음속 깊은 곳에서 열정이 솟구치고

벌써 그 일을 해낸 것만 같은 착각에 빠지기도 합니다.

아직 누워 있지만 마음만은 뿌듯한 곤늉이처럼요.

이것만 보고 정말 열심히 할 거야.

다음에.

3장

충분히 잘해왔고
앞으로도 잘할 거야

나에게

조급해하지 마

잘 해내고 있어

지금 나는 이렇게 힘든데

미래엔 뭘 하고 있을까?

변화는 자신으로부터 일어나는 거야

잘 해내고 있어

잠 못 드는 밤에

갈하고 있는 건가

막막하고 두려워

과거에는 생각도 못한 것을 지금은 해낼 수 있다는 걸 떠올려봐

오늘치 행복

각각의 멋

완주

성장

세상에 쓸모없는 건 없다고 생각해

이 거름이 있어서 성장할 수 있었거든

두려운 이유

너무 두렵지

그 일을 잘 해내고 싶으니까,

이뤄졌으면 하니까 두려운 거래

그러니 넌 잘 해낼 거야

날 믿어

하루치

애쓰지 않기

너의 단면만 보고

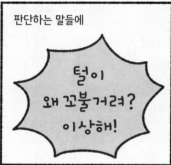

판단하는 말들에

털이
왜 꼬불거려?
이상해!

상처받지 말고

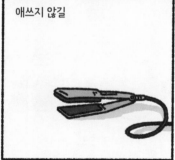

애쓰지 않길

끝에서 기다리는 것

지금 당장
앞이 깜깜해도

더 멀리 바라보려고 해

그 끝엔
빛이 나고 있을 거니까

인정하기

여기만 자라지 않았네

내 부족한 부분을
남들에게 들킬까 봐

덮기에만 급급했어

이젠 인정하는 방법을
배울 거야

후회하지 않아

남들은 참 재밌게 사는 것 같아

자꾸 비교하다 보면 가끔은 휘청거려

그래도 네 선택을 믿니?

응 그래서 후회하지 않아

꼬리

어?

난 적어도

쟤 봐. 꼬리가 짧아

남을 밑으로 내려서

진짜네

꼬리가…

엄청 짧아

나를 우위에 두는

난 꼬리 길다~

우와

맞아

행동은 하지 않을 거야

시원하다

그때 왜 그랬을까

그러지 않았더라면
지금은 달라져 있을까?

얽매이지 말자

기회

새로운 일이 닥치면
할 수 있을까 라는 두려움에

시도조차 하지 않았는데

기회도 노력한 자에게
찾아온다는 것을 알았다

자신을 의심하지 않기로 했다

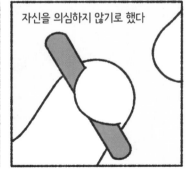

고생했어

포기라는 용기

무너졌다

에휴··· 가자

하지만 인정하는 방법을 배웠다

포기라는 용기는

새로운 시작이 되었다

좋은 것만 마음에 담자

좋은 게 이렇게나 가득한데

굳이 쓰레기를 내 마음 한편에

담을 필요 없어

쓰레기는 쓰레기통에

자신을 가장 믿기로

어쩌면 더 중요한 것을

이 또한 지나가리라

내 마음대로 풀리지 않아

포기하고 싶다가도

이 또한 언젠가는

웃으면서 이야기하는 날이 오겠지

의미

애써 의미 두면서

상처받지 말기

나를 위한 종이접기

누구에게나 처음은 있다

익숙하지 않으니까 실수할 수도 있지

처음이니까 모를 수도 있지

그만 되돌아보고

나아가자

각자의 결승점

출발점이 달라 늦었다고 해서

좌절감을 느꼈다

하지만 각자 결승점과 도착 시기가 다르니

나에게 집중하기로 했다

시작이 두려운 나에게

눈 딱 감고

저질러보자

훌훌

순간의 응어리진 기분을 풀기 위해

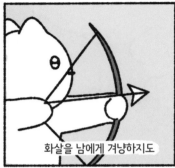

화살을 남에게 겨냥하지도

자신에게 돌리지도 말아줘

훌훌 날려보내는 거야

행복을 발견할 힘

과거의 상처가

번뜩 찾아올 땐

담담히 어루만져

행복을 발견할 힘을 기르길

그냥 그렇게

슬프면 엉엉 울고

작은 것에도 꺄르르 좋아하고

욕심이 나면 나는 대로

그냥 그렇게 살기로 했다

지나간 불행

지나간 불행은

있던 곳에 남겨두고

더 이상 울지 않았으면

가자

꼬옥

노력하는 별들에게

비바람 속에서도

양보 없는 비바람 속에서

당당함을 잃지 않고

날 무너뜨리는 울림에도 행복을 줍는

강한 사람이 되고 싶다

다른 마음가짐

당연하게 흘러가는 줄 알았던 오늘도

어제와 똑같은 하늘을 모양내고 있진 않았다

마음가짐에 따라 지금이 시작이 될 수 있다

변화는 늘 곁에 있으니까

멀리서 보기

가끔 지나칠 정도로 크게 바라봐서

자신을 힘들게 하고 있지 않나 생각한다

먼지 한 톨만 해

조금만 멀리서 봐도
사소한 일인데 말이야

그래 훌훌 털어내자

행복 수집

습관이 모여 행동이 되듯

나만의 행복을 하나씩 모으고 싶다

그래서 나다움을 가득 채운

행복한 내가 되고 싶다

콩알

콩알만 한 자존심

내세우다가는

마음마저

콩알만 해질 거야

정상

지나가기

따뜻한 추억을 쌓고 싶다

상처에 소금을 뿌리며 인내하기에는

시간은 너무나 한정적이다

그냥 그냥 지나가자

파도

감정의 파도가 밀려올 때

무거운 물살에 잠식되고
발버둥 칠수록 괴로워

그래 이 감정도
나의 일부이니 마음을 비우자

밀물은 시간이 지나면 빠지니까

뽀얗게 다시

불확실한 미래는

말라죽는 기분이 들어

좌절과 위기를 겪어
말라버린 껍질을 벗겨내면

다시 말라버리겠지

당연한 거야 또 벗겨내면 돼

그러면서 성장하겠지

해보자

두려워하지 말고
뽀얗게 다시 시작하자

뜨겁게

화가 나고 배신감이 들었다

따가운 비난을 주고 싶었지만

신경 안 써

내 할 일을 하자

대신 빛을 내기로 했다

뜨겁게 녹일 만큼

커튼 뒤

여기까지라고 생각했다

눈앞엔 나를 가로막은
낡은 커튼만 보였으니까

하지만 커튼을 젖히고
한 챕터를 마무리 지은 뒤

다음 이야기로 나아가보자
내가 알고 있는 것이 전부가 아니니까

사랑스러운 사람

사랑이 많은 사람이 되고 싶다

사랑을 온전히 받을 줄 알고

또 많이 줄 수 있는

그런 사랑스러운 사람

이런 날

To be continued

잘해왔고
앞으로도 잘할 수 있어

어떤 결과에도 난 널 응원할 거야

그러니 무너지지 말자

작은 것도 소중히

난 그런 것이 좋다

이사 간 달팽이집,

빈 조개껍데기,

고양이 수염…

누군가에게는 없어져도 모를
버려진 것이겠지만

내가 소중히 할게
내가 사랑을 줄게

종이 한 장

초라해

결과가 좋지 못하면
쓸모없다고 생각했어

구겨진 종이 한 장도

차곡차곡 쌓이면
두꺼운 책이 될 거야

그 책은 늘 말하고 있어

"보렴.
난 너의 노력이야.
넌 분명히 잘될 거야."

"그러니
그만 아파하자."

기회

지나간 기회를
아쉬워하며

가질 수 있었는데

과거에 머물지 말자

아쉽지만

기회는 오는 게 아니라

내가 만들어내는 거니까

노력

눈에 띄는 결과가 없다고

위축되지 말자

이 노력은
어떤 모습으로든

나에게 돌아올 거야

담벼락

네가 있어서 다행이야

되는 일이 없어 단점만 보이는

그런 날이 있다

내 단점을 신경 쓰지 않는 네가

나에게 위로가 된다

잘하고 있어

그러니 밥 꼭 챙겨 먹고

오늘을 살아가자

토닥   토닥

적당할 땐

생명을 싱그럽게 하고

소리에 마음이 편해지며

이후엔 무지개가 피지만,

지나칠 땐,

생명을 힘들게 만들고

세상 모든 소리를 멀게 하며

이후엔 재해가 남아요.

물웅덩이에 비친 우리의 모습도

지나친 비엔 흐려져만 갈 거예요.

우리 뭐든 적당해져나가요.

비도, 햇빛도, 노력도, 휴식도.

4장

인생사 새옹지마라탕

알 바임?

다 이뻐

모기차

언제 먹어?

약속 취소 ver. 곤뇽

나갈 준비해야지…

어?

약속… 취소…?

약속 취소?!

약속 취소 ver. 행곰

나가야지~

우다다다

엥 약속 취소?

그래도 나가야지!!

아 신나!

어디 껀데

제대로 되는 일이 없어

너무 속상해

흐으엉

떡볶이 먹자~

...

어디 꺼야

고생한 날
Tip

빠 밤

1 샤워 후
바나나우유를 마신다

이 맛이지!

2 간단한 일기를 쓴다

오늘도
수고했다.

3 하루 동안은 뿌듯함에
마음껏 심취한다

멋진 나

내가 해냄

아 이뻐라

부끄러워

약속 취소 ver. 우비

약속 취소 ver. 꾸꾸이

나갈 준비해야···

약속 취소됐넹

잘됐다!
밀린 청소, 빨래 해야지

완벽한 계획

맵찔이

로또 되면

칭찬

최대 고민

나를 위한 요리

간단 토스트

 준비물

 식빵 1장

 달걀   마요네즈
설탕 한 스푼   파슬리(선택)

---

1. 식빵 위에 설탕 1스푼을
발라주세요

2. 마요네즈를 식빵 테두리에
맞춰 짜주세요

3. 계란 한 개를
가운데에 담아주세요

너무해

왜 안 웃기지

아 웃기다ㅎㅎ
행곰이도 보여줘야지

행곰아!
요거 봐봐!

. . .

혼자 볼 땐 쨍 웃겼는데…

K인

다 망했으면

스트레스 푸는 방법

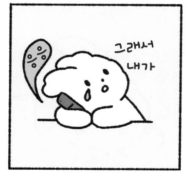

스트레스는 어떻게 풀어?

숙면

내 꿈은 가마니

날 좀 가만히 냅뒀음 좋겠다

가마니가 되고 시퍼

쿨쩍

엄마 국룰

금융 치료

에휴 모르겠다

헛헛하네

어! 이거 이쁘다

요것도 이쁘네

시험

아… 이거 3번으로
고칠까…

아니야 뚝심 있게
2번 갈까

그냥 고칠까

할머니

곤늉아, 할머니 말씀 잘 듣고 있어라

어무니, 다녀올게요

다녀오세요

다녀와라

아 참, 곤늉아!

휙

넹

통

통

조져지는 건 ver. 행공

조져지는 건 ver. 곤뇽

건성 vs. 지성

벌써 상처야

카놀라유

차를 발로 차면?

넌센스인가

카놀라유?

ㅋㅋ 맞지!

아니, 명백하게 재물손괴죄에 해당돼

?

숙덕

숙덕

카놀라유래

뭐라고…?

어쩌다가

세상에…

어머나…

바른 자세는 어려워

양치

결국 2번 양치

관심 집중

나도 볼펜 주세요

이불킥

샤워 취향

더워! 샤워!

차가운 물 샤워

워!

호!

허!

오늘 진짜 덥다…
빨리 샤워해야지

따뜻한 물 샤워

좋~다

주문봇

나만 이래?

관심 좀

방구석 인싸

강아지 구름

그 뭐지?

새벽 감성

내 눈 속에는 물고기가 산다..

그래서

물고기가 말라죽지 말라고
울어줘야 하는 건지도

모..른..다..
....

토똑 툭

다음 날

...

내가 미쳤지!

무서운 영화

초록색

추진력

혼날 짓

커헙

이 상황은 잘해보고 싶은 마음에 무리한 결과… 서로에게 감정이 격해진 거야 흠…

그러니 흥분을 가라앉히고 우리 침착하게 얘기해보자 내가 이런 부분에서 부담줬다면 미안해

ㅇ …아니… 그러니끄아흐어… 커헙! 끔끔

오후 4시

커피 수혈

쭈아압

다 울었니?

우비네

곤뇽이네

낙엽

두근   두근

어우 갑자기
쌀쌀하네
얼른 가자!

다음엔 꼭
웃길 거야···

흘러가자

 행곰아!
어디 가니?

 가끔은 흘러가는 대로
가보려고

그럼, 안녕

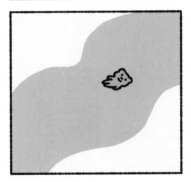

북 치기

낭만의 계절

목욕탕

어느 순간부터 자신을 숨기느라 애쓰는 사람이 되는 것 같아요.

힘든 일이 있어도 안쓰럽게 바라볼까 하는 마음에 털어놓지 못하고,

유치하다 할까 봐 표현하지 못하고,

이기적인 사람이라고 볼까 봐 양보만 하는,

남의 시선에 맞춰가는 사람으로 말이죠.

그런 자신이 잘하고 있다고 생각했는데

사실 나는 줄곧 나 자신과 외로운 싸움을 해왔구나 싶어요.

그래서 이젠 나답게, 나대로, 나로서 그냥 그렇게 살아보려고요.

슬프면 울고, 좋으면 웃고, 욕심이 나면 내는 그런 나로요.

5장

우리가
함께인 것만으로도
행운이니까

어서 오세요
행복 카페입니다

편한 자리에
앉아주세요

늘 드시는 따뜻한 우유
한 잔 준비하겠습니다

촤라라라라

언제나

행운덩어리

내가 하면

됐던 일도 다 망쳐버려

난 불행덩어리야

난 널 만난 게 행운인걸

그래도 친구

언제 끝나?

우리라는 위로

있잖아

내가 겉으로는 티 내지 않아도

항상 옆에 있어줘서

너무 고마워

쌍쌍바

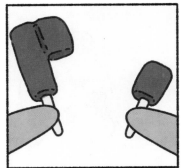

참 소중하다

단 둘이 있어도 어색하지 않은 사이

복작복작

혼자 있는 게 편해도

지지고 볶는 것이 좋다

당신의 행성

좋아하는 노래 가사

좋아하는 그림

시 구절을 마음속에 품고

나만의 별을 채워나가기

…천사?

취향을 기억해준다는 것

꾸꾸이의 하루

꾸꾸이 Q&A

어째서······

P CafePene

행곰이보단 내가

우비   등장

꾸꾸이를 잘 챙기지!

꾸꾸이 외출해?

넌 언제 내 생각이 나?

너랑 함께라면

스스로 못 가눌 정도로

걱정을 가득 안고 있는 나지만

널 만나는 것만으로

한결 가벼워져

울타리

세상이 밉고 차가워

나한테만 이러는 것 같아서 억울하기도 해

근데 좋은 에너지를 주는 너희가

내 편이어서 다행이야 고마워

노력

예전엔 서로 옆에 있음을

당연하다 느꼈는데

시간이 흐르면서
관계를 이어감에는

노력이 필요하다는 것을 알았다

기분 좋은 참견

사진 ver. 우비

사진 ver. 행곰

사진 ver. 꾸꾸이

사진 ver. 미묘

사진 ver. 곤붕

콩깍지

반창고

넌 내 거야

계획이란 이런 거야

산타 (할)아버지

오래오래

내가 좋아하는 사람들

다 잘됐으면 좋겠다

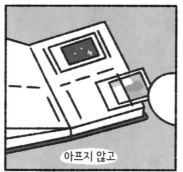

아프지 않고

오래 행복하게

선택적 수다쟁이

꾸꾸이 코에 붙이지

최애 단골집이 있나요?

_____

_____

_____

_____

꾸꾸이의 진심

애들아

삶에 치여서
너무 정신 없지

그래도 우리 건강하자
아프지 말고

오래오래
함께하자

같이 행복해지자

초능력

초능력을 가질 수 있다면?

제일 아름다운 꽃

웃음꽃이 활짝 핀다고 그러잖아

이전에는 몰랐는데

네가 웃는 모습을 보니

그 말이 이해가 가더라고

너의 웃음은 주변을 환하게 해

그래서 어느샌가

내 얼굴도 피어 있더라

꽃을 피워줘서 고마워

잘한다 잘한다

어떤 칭찬을 받으면 뿌듯한가요?

귤

포옹의 힘

훌훌 털어놓으면 그동안의 걱정 따위는 별거 아니게 만드는
신비한 일을 겪어본 적이 있나요?

때로는 말하지 않아도 내 고민을 덜어주는
반짝이는 사람을 만나본 적이 있나요?

함께 있기만 해도 웃음이 새어나오게 하는,
당신에게도 그런 소중한 인연이 있나요?

내가 너의 행복이 될게

초판 1쇄 인쇄 2023년 4월 17일
초판 1쇄 발행 2023년 5월 3일

지은이 김미묘
펴낸이 이승현

출판1 본부장 한수미
컬처 팀장 박혜미
편집 박인애
디자인 김준영

펴낸곳 ㈜위즈덤하우스   **출판등록** 2000년 5월 23일 제13-1071호
주소 서울특별시 마포구 양화로 19 합정오피스빌딩 17층
전화 02) 2179-5600   **홈페이지** www.wisdomhouse.co.kr

ISBN 979-11-6812-618-3 03810